Paris
1859

Schiller, Fr.

*La Chanson de la Cloche*

Das Lied von der Glocke, von Schiller

LA

# CHANSON DE LA CLOCHE

GRAND POËME DE FRÉDÉRIC DE SCHILLER

TRADUITE EN FRANÇAIS ET SUIVIE DE L'ORIGINAL ALLEMAND

PAR

Dr JOST

De l'Université d'Iéna, de la Société asiatique de Paris et de l'Académie Etrusque en Toscane, auteur de la Grammaire polyglotte honorée de l'approbation de S. A. I. Monseigr le Prince Napoléon et admise, à Londres, à l'*Educational Exhibition* par la Société des Arts, présidée par S. A. R. le Prince-Époux ; Professeur de langues anciennes et vivantes.

La bénédiction vient d'en Haut.
(*La Cloche*, page 1re).

PRIX : 1 FRANC

PARIS

CHEZ L'AUTEUR-ÉDITEUR, RUE MONTMARTRE, 161
ET L. NICOUD BELLENGER, LIBRAIRE, 212, RUE DE RIVOLI

1859

LA

# CHANSON DE LA CLOCHE

## GRAND POÈME DE FRÉDÉRIC DE SCHILLER

### TRADUITE EN FRANÇAIS ET SUIVIE DE L'ORIGINAL ALLEMAND

PAR


Dr JOST

De l'Université d'Iéna, de la Société asiatique de Paris et de l'Académie Etrusque en Toscane, auteur de la Grammaire polyglotte honorée de l'approbation de S. A. I. Monseign[r] le Prince Napoléon et admise, à Londres, à l'*Educational Exhibition* par la Société des Arts, présidée par S. A. R. le Prince-Époux ; Professeur de langues anciennes et vivantes.


La bénédiction vient d'en Haut.
(*La Cloche*, page 1re).




PARIS

CHEZ L'AUTEUR-ÉDITEUR, RUE MONTMARTRE, 164
ET L. NICOUD BELLENGER, LIBRAIRE, 212, RUE DE RIVOLI

1859

*Tous les exemplaires, dont deux sont déposés,*
*sont signés par l'auteur.*

A LA MÉMOIRE

DE FRÉDÉRIC VON SCHILLER

FILS DE LA NOBLE ALLEMAGNE,
CITOYEN DU BEAU PAYS DE FRANCE,

SON COMPATRIOTE DES DEUX PAYS

DÉDIE CETTE FAIBLE TRADUCTION DE SON CHEF-D'OEUVRE
EN SOUVENIR
DE LA GLORIEUSE CÉLÉBRATION UNIVERSELLE
DE LA NAISSANCE DU GRAND POÈTE
ET HISTORIEN.

Dr JOST,
Membre de l'Académie Étrusque.

Paris, ce 10 novembre 1859.

# PRÉFACE

Les journaux français qui, purs de toute basse jalousie et de toute mesquine rivalité, savent apprécier, suivant leur mérite, les savants étrangers, ont assez parlé de Schiller pour que je n'aie pas à en entretenir longuement le public. Je me contenterai de donner sur son compte les détails suivants. Friederich von Schiller est né le 10 novembre 1759, à Marbach, petite ville dans le royaume de Wurtemberg, de deux mille habitants, où, suivant le géographe Canna-Bich, on voit les traces du séjour des Romains. Il mourut le 9 mai 1805, à l'âge de 46 ans. L'Empereur d'Autriche, François II, — le nom de son auguste successeur, Ferdinand II, illustre mon diplôme de docteur en philosophie — lui accorda, en 1802, les lettres de noblesse, en l'autorisant à mettre le mot *von* ou v. (DE) devant son nom de famille.

Quant à ma traduction française, je demanderai pour elle, comme je l'ai fait pour la traduction anglaise, l'indulgence de mes lecteurs français, qui se sont toujours montrés pour moi si bienveillants, et cette faveur est pour moi d'autant plus nécessaire que ma traduction affaiblira sans doute les beautés de l'original.

Dr JOST.

Paris, 20 octobre 1859.

# LA CHANSON DE LA CLOCHE

VIVOS VOCO, MORTUOS PLANGO, FULGURA FRANGO.

Je convoque les vivants, j'accompagne plaintivement les morts, je brise les foudres.

Formé solidement de terre grasse, le moule est terminé. C'est aujourd'hui que la cloche doit se fondre. Courage, camarades, tenez-vous prêts. La sueur doit ruisseler de vos fronts pour produire un ouvrage en l'honneur du maître. La bénédiction vient d'en Haut.

Pendant que nous nous occupons d'une telle œuvre, ne songeons qu'à des objets sérieux, si, en travaillant, on a de bonnes paroles à la bouche, le travail avance rapidement. Examinons donc avec soin ce que notre faiblesse est en état de produire. On doit mépriser l'homme indolent qui n'a jamais réfléchi sur son ouvrage, car, ce qui distingue l'homme c'est l'intelligence qui lui a été accordée pour qu'il médite sur la forme à donner aux ouvrages de ses mains.

Prenez du bois de sapin bien sec, afin que la flamme bien vive facilite la fusion.

Faites bouillir le cuivre en fusion; apportez vite l'étain afin que le bronze tenace résulte de leur mélange en proportions convenables.

L'ouvrage que la main construit à l'aide du feu, dans une fosse profonde, rendra témoignage de nous, lorsqu'il sera placé au haut du clocher. Il durera encore dans un avenir très-éloigné ; les sons qu'il fera entendre parviendront à l'oreille de beaucoup d'hommes : il gémira avec les affligés et réjouira les âmes dévotes. Les vicissitudes de ce bas monde seront annoncées par ce métal et propagées, par ses sons, pour l'édification du genre humain.

Je vois bouillonner le métal. Très-bien ! Les masses métalliques sont en fusion.

Mêlez-y de l'alcali pour que la fonte marche plus rapidement.

L'alliage doit être sans écume afin que le son du métal soit clair et limpide.

La cloche salue l'enfant chéri avec ses sons joyeux, au moment de sa première sortie [1] dans la vie, qu'il commence dans les bras du sommeil. Pour lui dorment encore dans l'avenir les jours

[1] Le poète parle de la cérémonie du baptême pour laquelle l'enfant est conduit à l'église. J.

heureux et malheureux. Les tendres soins d'une mère veillent sur son heureuse enfance. Les années s'écoulent avec la rapidité de la flèche. Jeune homme, il s'arrache des bras de la jeune fille, il s'élance dans la vie et parcourt le monde avec le bâton de pèlerin à la main, puis il rentre comme un étranger dans la maison maternelle.

Dans tout l'éclat de sa jeunesse, semblable à un être descendu des hauteurs du ciel, la vue d'une jeune fille chaste et pudique trouble son cœur et lui inspire des sentiments inconnus jusque-là. Il erre seul çà et là, des larmes s'échappent de ses yeux, il fuit les danses effrénées de ses amis d'enfance. Il suit en rougissant les traces de la jeune fille ; il est heureux quand elle le salue; il cherche dans les champs les plus belles fleurs pour en parer celle qui lui est chère. Tendre langueur ! Doux espoir ! Pendant ce temps fortuné du premier amour, il voit le ciel ouvert, son cœur s'enivre de délices. Plût à Dieu que ce temps du premier amour durât toujours !

Les ouvertures du four se brunissent. Je trempe une baguette dans le métal; si elle en sort blanche et étincelante, il sera temps de couler.

Maintenant, camarades, courage, examinez bien la fonte; si elle réunit en même temps la dureté et la mollesse, c'est un bon signe.

*

Car, lorsque le rude s'unit au tendre et le fort au doux, il en résulte un beau son. Que celui qui forme un lien éternel examine d'abord s'il a trouvé un cœur qui lui soit sympathique, car l'illusion est courte, le repentir est long. Lorsque brille sur les cheveux des jeunes fiancées la couronne virginale, lorsque le son argentin des cloches de l'église invite à assister à une fête splendide, hélas ! la plus belle solennité de la vie termine aussi le printemps de nos jours ; avec la ceinture, avec le voile, l'illusion disparaît. La passion s'envole; il faut que l'amour reste. Les fleurs se fanent, il faut que le fruit les remplace. L'homme est obligé de marcher au hasard dans la vie au milieu des gens qui lui sont hostiles. Il est obligé d'employer toutes ses ressources pour vivre : il est obligé d'employer tantôt la ruse et tantôt la violence, quelquefois il faut qu'il coure les chances pour arriver à la fortune. C'est alors qu'il regorge de biens, que son grenier se remplit, que ses arbres croissent, que sa maison s'enrichit. Sa chaste épouse gouverne sagement sa maison; elle donne ses instructions aux jeunes filles et impose aux garçons ; sans cesse active, elle augmente encore ses biens par son esprit d'ordre ; elle remplit son coffre de trésors ; elle tourne le fil sur le fuseau bruyant ; elle serre dans son armoire bien polie les laines brillantes et la toile, blanche comme la neige ; elle ajoute au bon l'éclat et le lustre, et ne se repose jamais.

Et le père, joyeux de son bonheur, contemple de sa fenêtre l'étendue de son domaine, ses arbres chargés de fruits ; il voit ses greniers pleins et les ondes agitées de ses blés. Cette vue lui inspire de la fierté. La maison lui paraît aussi solide que la terre sur ses fondements ; il se voit à l'abri du malheur. Toutefois, cet espoir est prématuré, car on ne peut pas compter sur un bonheur constant. Le malheur arrive rapidement.

Eh bien ! le jet peut commencer maintenant, la fracture est bien dentelée. Mais, avant de couler, faites pieusement la prière. Enlevez le tampon. Que Dieu garde la maison ! On voit dans la courbe quelque chose s'élancer comme une vague brunie par le feu.

La puissance du feu est bienfaisante, lorsque l'homme parvient à la dompter et qu'il la surveille ; les corps qu'il crée il les doit à cette force céleste. Mais elle devient terrible si elle lui échappe ; si elle devient indépendante, elle, la libre fille de la nature. Malheur, lorsque livrée à elle-même, elle croît sans obstacle et produit un immense incendie dans les rues populeuses. Car les éléments n'aiment pas les ouvrages sortis de la main des hommes.

Les nuages sont la source de l'abondance, car ils donnent naissance à la pluie féconde, mais aussi de ces mêmes nuages descend le feu du ciel, en se serpentant.

N'entendez-vous pas les gémissements qui viennent du haut des cloches? C'est le tocsin. Le ciel est rouge comme le feu. Ce n'est pas la lueur du jour. Quel tumulte dans les rues! Des tourbillons de fumée s'élèvent. La colonne de feu monte dans les airs, s'élance à travers la longue file des rues; elle grandit avec la vitesse des vents. En bouillonnant, comme s'ils étaient dans la fournaise, les airs sont embrasés, les poutres craquent, les poteaux sont renversés, les fenêtres éclatent. les enfants se lamentent, les mères errent çà et là, les animaux gémissent sous les décombres. Tout le monde court, on sauve ce que l'on peut, on s'enfuit. Au milieu de la nuit, on y voit comme en plein jour. Le seau passe rapidement de main en main, les pompes font jaillir en l'air, en forme d'arc, des torrents d'eau. La tempête arrive en hurlant pour se joindre à la flamme.

Le feu tombe en pétillant sur les grains secs, dans le grenier, sur les chevrons, et comme s'il voulait, en soufflant, entraîner avec lui la masse de la terre, il grandit dans les airs d'une manière gigantesque. L'homme cède sans espoir à cette force surhumaine. Les bras croisés, il voit, plein d'étonnement, détruire tous ses ouvrages. Son habitation est brûlée et devient le séjour des tempêtes. L'horreur réside dans les creux des fenêtres, et les nuages s'y regardent d'en haut.

L'homme jette encore un regard en arrière vers

le tombeau de ses biens, puis il prend le bâton de pèlerin. Quoique la rage de l'incendie lui ait tout enlevé, il lui reste toutefois une douce consolation, il compte les têtes de ceux qui lui sont chers et voit qu'aucune des têtes chéries ne lui manque.

Tout est bien dans la terre, le moule est parfaitement rempli. Est-ce que le produit de la fonte paraîtra bien au jour, pour récompenser l'application et l'art? Si la fonte ne réussissait pas, si le moule éclatait! hélas! pendant que nous espérons, peut-être est arrivé quelque malheur.

Nous confions au sein de la terre l'œuvre de nos mains, le semeur lui confie ses grains, espérant qu'ils renaîtront, s'il plaît à Dieu, avec abondance. Nous cachons dans notre affliction une semence encore plus précieuse dans le sein de la terre, espérant qu'elle éclora de la tombe pour une vie plus heureuse.

De la cathédrale la cloche fait entendre des sons graves et funèbres, ses sons lugubres accompagnent un pèlerin dans le dernier voyage. Hélas! c'est l'épouse chérie, hélas! c'est la mère fidèle que le noir roi des ombres arrache des bras de l'époux, du milieu des tendres enfants qu'elle lui donna à la fleur de l'âge, qu'elle vit grandir, après avoir eu le plaisir de les allaiter à sa mamelle. Hélas! ces tendres liens sont rompus à jamais! Car la mère de famille demeure dans l'empire des ombres, sa fidèle administration est regrettée ; on ne se confie plus à ses soins; une étrangère va remplir la place restée vacante.

Jusqu'à ce que la cloche se soit refroidie, laissez-la en repos. Comme l'oiseau joue dans le feuillage, chacun peut s'amuser. La lumière des étoiles nous avertit. L'ouvrier, après son ouvrage, entend sonner les vêpres; mais le patron est obligé de se tourmenter sans cesse.

C'est avec gaîté que le voyageur, dans une forêt éloignée et sauvage, accélère ses pas pour arriver à la cabane de son pays qui lui est chère. Les moutons rentrent en bêlant, et les troupeaux de bêtes à cornes au front large viennent, en beuglant, dans leurs étables. La lourde voiture chargée de blé rentre en cahotant. Une couronne de fleurs orne les gerbes et la jeune troupe de moissonneurs vole à la danse. Les marchés et les rues deviennent plus tranquilles. Les locataires se réunissent autour de la flamme et de la lumière, et la porte de la ville se ferme en criant. La terre se couvre d'un voile noir. Mais le citoyen honnête n'est pas effrayé de la nuit pendant laquelle le méchant se réveille en sursaut, car l'œil de la loi veille.

Ordre sacré! fils du ciel, riche en bénédictions! C'est lui qui préside à toutes les réunions qui se forment librement et avec joie; c'est lui qui a construit les villes; c'est lui qui a porté le sauvage insociable à quitter les champs et à venir habiter les villes; c'est lui qui, pénétrant dans les cabanes, forme les hommes à des mœurs douces; c'est lui qui tisse le lien le plus doux, l'amour sacré de la patrie!

Mille mains actives se meuvent, s'aident, forment une alliance agréable, et dans cet ardent mouvement toutes les facultés se manifestent. Le patron s'agite ainsi que son ouvrier, sous la sainte protection de la liberté. Chacun est satisfait de sa place et se moque du railleur. Le travail est l'agrément du citoyen, l'abondance est le prix de la peine. Si le roi est honoré par suite de sa dignité, nous sommes honorés par le travail de nos mains.

Paix gracieuse! douce concorde! ah! restez, restez amicalement dans cette ville! Que jamais ne vienne le jour où des hordes guerrières ravagent avec fureur cette vallée tranquille; ou celui où le ciel qui brille ordinairement de la douce et gracieuse rougeur du soir, rayonne de la lueur sinistre de l'incendie des villages et des villes.

Maintenant brisez l'édifice, car il a atteint son but, afin que l'œil et le cœur se repaissent de l'ouvrage qui a bien réussi. Agitez le marteau, agitez-le jusqu'à ce que la chape se rompe. Si la cloche doit ressusciter, il faut que le moule éclate en morceaux. Le patron peut briser le moule d'une main sage et en temps opportun. Mais malheur ! si l'airain incandescent, brisant son enveloppe, se répandait en ruisseaux de feu ! Avec une fureur aveugle et le fracas du tonnerre, il fait voler en éclats son enveloppe déjà crevée, et, semblable à l'enfer, il vomit la ruine et l'incendie. Dès que les forces brutes de la nature dominent sans être dirigées, on ne peut obtenir aucun ouvrage régulier. Si les peuples s'affranchissent eux-mêmes, ils ne peuvent espérer de prospérité. Malheur, si dans le sein des villes, la mèche incendiaire s'est allumée en silence, le peuple rompant sa chaîne veut se faire lui-même justice. Alors la révolte agite les cordes de la cloche, de manière à produire des sons lamentables ; la cloche qui ne devrait être consacrée qu'à annoncer la paix, donne le signal de la violence. On entend crier partout : liberté, égalité ! Le citoyen paisible prend les armes pour se défendre, les rues se remplissent, des bandes d'assassins parcourent le pays. Alors les femmes se changent en hyènes, plaisantent de ces horreurs ; palpitantes, elles déchirent, avec des dents de panthères, le cœur de l'ennemi. Il n'y a plus rien de sacré ; les liens du respect sont brisés. L'homme de bien cède sa place au méchant, et tous les vices dominent en liberté ! Il est dangereux de réveiller le lion, la dent du tigre est fatale. Mais la plus terrible des horreurs, c'est l'homme dans son illusion. Malheur à ceux qui prêtent à celui qui est toujours aveugle, la torche céleste de la lumière. Elle ne l'éclaire pas, elle ne peut qu'incendier et réduire en cendres les villes et les pays.

Dieu m'a donné de la joie. Voyez comme une étoile d'or, le noyau de métal se sépare de l'enveloppe luisante et polie. Du casque à la couronne, il brille comme le soleil; aussi les beaux écussons de l'armoirie louent-ils l'habileté de l'artiste plastique.

Entrez, entrez, compagnons, entrez tous. Formez un cercle afin que nous bénissions la cloche en lui donnant un nom. C'est *Concorde* qu'elle doit s'appeler. Qu'elle fasse régner la concorde et une union bien sincère sur toute la communauté, et que ce soit dorénavant le seul usage auquel elle soit destinée. Élevée au-dessus de la terre, elle doit planer dans la voûte azurée du ciel, voisine du tonnerre, et toucher le monde des étoiles. Elle doit être une voix d'en haut, comme l'armée brillante des étoiles qui louent leur créateur en errant dans le ciel, et servent de guides à l'année couronnée. Que sa bouche métallique ne soit consacrée qu'à des choses éternelles et sérieuses, et qu'à chaque heure elle touche par ses ailes rapides le temps qui s'écoule. Qu'elle prête sa langue au destin. Qu'elle-même, sans cœur, sans sympathie, préside aux divers événements de la vie. Et comme le son se perd dans l'oreille dans laquelle elle

***

retentit fortement, elle enseignera que rien ne dure éternellement, que toutes les choses terrestres s'évanouissent. Maintenant, au moyen de la corde, soulevez doucement la cloche hors de la fosse, pour qu'elle monte dans l'empire des sons, dans les airs.

Tirez, tirez, levez, elle se meut, elle plane déjà dans l'air. Que ses premiers sons annoncent à cette ville la joie et la paix.

FIN DE LA CHANSON DE LA CLOCHE.

# Das Lied von der Glocke

—

VIVOS VOCO,
MORTUOS PLANGO,
FULGURA FRANGO.

Fest gemauert in der Erden
Steht die Form, aus Lehm gebrannt.
Heute muß die Glocke werden,
Frisch, Gesellen! seid zur Hand.
Von der Stirne heiß,
Rinnen muß der Schweiß,
Soll das Werk den Meister loben;
Doch der Segen kommt von oben.

Zum Werke, das wir ernst bereiten,
Geziemt sich wohl ein ernstes Wort;
Wenn gute Reden sie begleiten,
Dann fließt die Arbeit munter fort.
So laßt uns jetzt mit Fleiß betrachten,
Was durch die schwache Kraft entspringt;

Den schlechten Mann muß man verachten,
Der nie bedacht, was er vollbringt.
Das ist's ja, was den Menschen zieret,
Und dazu ward ihm der Verstand,
Daß er im innern Herzen spüret
Was er erschafft mit seiner Hand.

Nehmet Holz vom Fichtenstamme,
Doch recht trocken laßt es sein,
Daß die eingepreßte Flamme
Schlage zu dem Schwalch hinein.
Kocht des Kupfers Brei;
Schnell das Zinn herbei,
Daß die zähe Glockenspeise
Fließe nach der rechten Weise.

Was in des Dammes tiefer Grube
Die Hand mit Feuers Hülfe baut,
Hoch auf des Thurmes Glockenstube,
Da wird es von uns zeugen laut.
Noch dauern wird's in späten Tagen,
Und rühren vieler Menschen Ohr
Und wird mit dem Betrübten klagen
Und stimmen zu der Andacht Chor.
Was unten tief dem Erdensohne
Das wechselnde Verhängniß bringt,
Das schlägt an die metallne Krone,
Die es erbaulich weiter klingt.

Weiße Blasen seh' ich springen:
Wohl! die Massen sind im Fluß.
Laßt's mit Aschensalz durchdringen,
Das befördert schnell den Guß.
Auch vom Schaume rein
Muß die Mischung sein,
Daß vom reinlichen Metalle
Rein und hell die Stimme schalle.

Denn mit der Freude Feierklange
Begrüßt sie das geliebte Kind
Auf seines Lebens erstem Gange,
Den es in Schlafes Arm beginnt;
Ihm ruhen noch im Zeitenschooße
Die schwarzen und die heitern Loose.
Der Mutterliebe zarte Sorgen
Bewachen seinen goldnen Morgen.
Die Jahre fliehen pfeilgeschwind.
Vom Mädchen reißt sich stolz der Knabe,
Er stürmt in's Leben wild hinaus,
Durchmißt die Welt am Wanderstabe,
Fremd kehrt er heim in's Vaterhaus.
Und herrlich, in der Jugend Prangen,
Wie ein Gebild aus Himmels Höh'n,
Mit züchtigen, verschämten Wangen
Sieht er die Jungfrau vor sich stehn.
Da faßt ein namenloses Sehnen
Des Jünglings Herz, er irrt allein,

Aus seinen Augen brechen Thränen,
Er flieht der Brüder wilden Reih'n;
Erröthend folgt er ihren Spuren,
Und ist von ihrem Gruß beglückt,
Das Schönste sucht er auf den Fluren,
Womit er seine Liebe schmückt.
O zarte Sehnsucht, süßes Hoffen,
Der ersten Liebe goldne Zeit,
Das Auge sieht den Himmel offen,
Es schwelgt das Herz in Seligkeit —
O, daß sie ewig grünen bliebe,
Die schöne Zeit der jungen Liebe!

Wie sich schon die Pfeifen bräunen!
Dieses Stäbchen tauch' ich ein,
Sehn wir's überglast erscheinen,
Wird's zum Gusse zeitig sein.
Jetzt, Gesellen, frisch!
Prüft mir das Gemisch,
Ob das Spröde mit dem Weichen
Sich vereint zum guten Zeichen.

Denn wo das Strenge mit dem Zarten,
Wo Starkes sich und Mildes paarten,
Da gibt es einen guten Klang.
Drum prüfe, wer sich ewig bindet,
Ob sich das Herz zum Herzen findet.
Der Wahn ist kurz, die Reu' ist lang.

Lieblich in der Bräute Locken
Spielt der jungfräuliche Kranz,
Wenn die hellen Kirchenglocken
Laden zu des Festes Glanz.
Ach! des Lebens schönste Feier
Endigt auch den Lebensmai.
Mit dem Gürtel, mit dem Schleier
Reißt der schöne Wahn entzwei.
Die Leidenschaft flieht,
Die Liebe muß bleiben;
Die Blume verblüht,
Die Frucht muß treiben;
Der Mann muß hinaus
Ins feindliche Leben,
Muß wirken und streben
Und pflanzen und schaffen,
Erlisten, erraffen,
Muß wetten und wagen,
Das Glück zu erjagen.
Da strömet herbei die unendliche Gabe,
Es füllt sich der Speicher mit köstlicher Habe;
Die Bäume wachsen, es dehnt sich das Haus.
Und drinnen waltet
Die züchtige Hausfrau,
Die Mutter der Kinder,
Und herrschet weise
Im häuslichen Kreise,
Und lehret die Mädchen

Und wehret den Knaben,
Und reget ohn' Ende
Die fleißigen Hände,
Und mehrt den Gewinn
Mit ordnendem Sinn,
Und füllet mit Schätzen die duftenden Laden,
Und dreht um die schnurrende Spindel den Faden,
Und sammelt im reinlich geglätteten Schrein
Die schimmernde Wolle, den schneeichten Lein,
Und füget zum Guten den Glanz und den Schimmer,
Und ruhet nimmer.

Und der Vater, mit frohem Blick,
Von des Hauses weitschauendem Giebel
Überzählet sein blühend Glück,
Siehet der Pfosten ragende Bäume
Und der Scheunen gefüllte Räume,
Und die Speicher, vom Segen gebogen,
Und des Kornes bewegte Wogen,
Rühmt sich mit stolzem Mund:
Fest, wie der Erde Grund,
Gegen des Unglücks Macht,
Steht mir des Hauses Pracht.
Doch mit des Geschickes Mächten
Ist kein ew'ger Bund zu flechten,
Und das Unglück schreitet schnell.

Wohl! nun kann der Guß beginnen,
Schön gezacket ist der Bruch;

Doch, bevor wir's lassen rinnen,
Betet einen frommen Spruch.
Stoßt den Zapfen aus.
Gott bewahr' das Haus!
Rauchend in des Henkels Bogen
Schießt's mit feuerbraunen Wogen.

Wohlthätig ist des Feuers Macht,
Wenn sie der Mensch bezähmt, bewacht,
Und was er bildet, was er schafft,
Das dankt er dieser Himmelskraft.
Doch furchtbar wird die Himmelskraft,
Wenn sie der Fessel sich entrafft,
Einhertritt auf der eignen Spur,
Die freie Tochter der Natur.
Wehe, wenn sie losgelassen,
Wachsend ohne Widerstand,
Durch die volkbelebten Gassen
Wälzt den ungeheuern Brand!
Denn die Elemente hassen
Das Gebild' der Menschenhand.
Aus der Wolke
Quillt der Segen,
Strömt der Regen;
Aus der Wolke, ohne Wahl,
Zuckt der Strahl.
Hört ihr's wimmern hoch vom Thurm?
Das ist Sturm!

Roth, wie Blut,
Ist der Himmel,
Das ist nicht des Tages Gluth!
Welch Getümmel
Straßen auf!
Dampf wallt auf.
Flackernd steigt die Feuersäule
Durch der Straße lange Zeile
Wächst es fort mit Windeseile.
Kochend, wie aus Ofens Rachen,
Glühn die Lüfte, Balken krachen,
Pfosten stürzen, Fenster klirren,
Kinder jammern, Mütter irren,
Thiere wimmern
Unter Trümmern,
Alles rennet, rettet, flüchtet,
Taghell ist die Nacht gelichtet.
Durch der Hände lange Kette,
Um die Wette,
Fliegt der Eimer, hoch im Bogen
Spritzen Quellen Wasserwogen,
Heulend kommt der Sturm geflogen,
Der die Flamme brausend sucht.
Prasselnd in die dürre Frucht
Fällt sie, in des Speichers Räume,
In der Sparren dürre Bäume,
Und als wollte sie im Weh'n
Mit sich fort der Erde Wucht

Reißen in gewalt'ger Flucht,
Wächst sie in des Himmels Höhen
Riesengroß.
Hoffnungslos
Weicht der Mensch der Götterstärke,
Müssig sieht er seine Werke
Und bewundernd untergehen.

Leergebrannt
Ist die Stätte,
Wilder Stürme rauhes Bette.
In den öden Fensterhöhlen
Wohnt das Grauen,
Und des Himmels Wolken schauen
Hoch hinein.

Einen Blick
Nach dem Grabe
Seiner Habe
Sendet noch der Mensch zurück —
Greift fröhlich dann zum Wanderstabe;
Was Feuerswuth ihm auch geraubt:
Ein süßer Trost ist ihm geblieben,
Er zählt die Häupter seiner Lieben,
Und sieh! ihm fehlt kein theures Haupt.

In die Erd' ist's aufgenommen,
Glücklich ist die Form gefüllt;

Wird's auch schön zu Tage kommen,
Daß es Fleiß und Kunst vergilt?
Wenn der Guß mißlang?
Wenn die Form zersprang?
Ach, vielleicht, indem wir hoffen,
Hat uns Unheil schon getroffen.

Dem dunkeln Schooß der heil'gen Erde
Vertrauen wir der Hände Thaт,
Vertraut der Sämann seine Saat,
Und hofft, daß sie entkeimen werde
Zum Segen, nach des Himmels Rath.
Noch köstlicheren Samen bergen,
Wir trauernd in der Erde Schooß
Und hoffen, daß er aus den Särgen
Erblühen soll zu schönerm Loos.

Von dem Dome,
Schwer und bang,
Tönt die Glocke
Grabgesang.
Ernst begleiten ihre Trauerschläge
Einen Wandrer auf dem letzten Wege.

Ach! die Gattin ist's, die theure,
Ach! es ist die treue Mutter,
Die der schwarze Fürst der Schatten
Wegführt aus dem Arm des Gatten,

Aus der zarten Kinder Schaar,
Die sie blühend ihm gebar,
Die sie an der treuen Brust
Wachsen sah mit Mutterlust.
Ach! des Hauses zarte Bande
Sind gelöst auf immerdar:
Denn sie wohnt im Schattenlande,
Die des Hauses Mutter war.
Denn es fehlt ihr treues Walten,
Ihre Sorge wacht nicht mehr;
An verwaister Stätte schalten
Wird die Fremde, liebeleer.

Bis die Glocke sich verkühlet,
Laßt die strenge Arbeit ruhn.
Wie im Laub der Vogel spielet,
Mag sich Jeder gütlich thun.
Winkt der Sterne Licht
Ledig aller Pflicht,
Hört der Bursch die Vesper schlagen;
Meister muß sich immer plagen.

Munter fördert seine Schritte
Fern im wilden Forst der Wandrer
Nach der lieben Heimathhütte.
Blökend ziehen heim die Schafe
Und der Rinder
Breitgestirnte, glatte Schaaren
Kommen brüllend,

Die gewohnten Ställe füllend.
Schwer herein
Schwankt der Wagen,
Kornbeladen;
Bunt von Farben,
Auf den Garben,
Liegt der Kranz,
Und das junge Volk der Schnitter
Fliegt zum Tanz.
Markt und Straße werden stiller;
Um des Lichts gesell'ge Flamme
Sammeln sich die Hausbewohner,
Und das Stadtthor schließt sich knarrend.
Schwarz bedecket
Sich die Erde;
Doch den sichern Bürger schrecket
Nicht die Nacht,
Die den Bösen gräßlich wecket;
Denn das Auge des Gesetzes wacht.

Heil'ge Ordnung! segenreiche
Himmelstochter! die das Gleiche
Frei und leicht und freudig bindet,
Die der Städte Bau gegründet,
Die herein von den Gefilden
Rief den ungesell'gen Wilden,
Eintrat in der Menschen Hütten,
Sie gewöhnt zu sanften Sitten,

Und das theuerste der Bande
Wob, den Trieb zum Vaterlande.

Tausend fleiß'ge Hände regen,
Helfen sich im munterm Bund,
Und in feurigem Bewegen
Werden alle Kräfte kund.
Meister rührt sich und Geselle
In der Freiheit heil'gem Schutz,
Jeder freut sich seiner Stelle,
Bietet dem Verächter Trutz.
Arbeit ist des Bürgers Zierde,
Segen ist der Mühe Preis;
Ehrt den König seine Würde:
Ehret uns der Hände Fleiß.

Holder Friede!
Süße Eintracht!
Weilet, weilet
Freundlich über diese Stadt!
Möge nie der Tag erscheinen,
Wo des rauhen Krieges Horden
Dieses stille Thal durchtoben,
Wo der Himmel,
Den des Abends sanfte Röthe
Lieblich malt,
Von der Dörfer, von der Städte
Wildem Brande schrecklich strahlt.

Nun zerbrecht mir das Gebäude,
Seine Absicht hat's erfüllt,
Daß sich Herz und Auge weide
An dem wohlgelungnen Bild.
Schwingt den Hammer, schwingt,
Bis der Mantel springt.
Wenn die Glock' soll auferstehen,
Muß die Form in Stücken gehen.

Der Meister kann die Form zerbrechen
Mit weiser Hand, zur rechter Zeit;
Doch wehe, wenn in Flammenbächen
Das glühnde Erz sich selbst befreit!
Blindwüthend, mit des Donners krachen,
Zersprengt es das geborstne Haus,
Und wie aus offnem Höllenrachen
Speit es Verderben zündend aus.
Wo rohe Kräfte sinnlos walten,
Da kann sich kein Gebild gestalten;
Wenn sich die Völker selbst befrein,
Da kann die Wohlfahrt nicht gedeihn.

Weh, wenn sich in dem Schooß der Städte
Der Feuerzunder still gehäuft,
Das Volk, zerreißend seine Kette,
Zur Eigenhülfe schrecklich greift.
Da zerret an der Glocke Strängen
Der Aufruhr, daß sie heulend schallt,

Und, nur geweiht zu Friedensklängen,
Die Losung anstimmt zur Gewalt.

Freiheit und Gleichheit! hört man schallen;
Der ruh'ge Bürger greift zur Wehr'.
Die Straßen füllen sich, die Hallen,
Und Würgerbanden ziehn umher.
Da werden Weiber zu Hyänen
Und treiben mit Entsetzen Scherz:
Noch zuckend, mit des Panthers Zähnen
Zerreißen sie des Feindes Herz.
Nichts Heiliges ist mehr, es lösen
Sich alle Bande frommer Scheu;
Der Gute räumt den Platz dem Bösen,
Und alle Laster walten frei.
Gefährlich ist's, den Leu zu wecken,
Verderblich ist des Tigers Zahn;
Jedoch der schrecklichste der Schrecken,
Das ist der Mensch in seinem Wahn.
Weh denen, die dem Ewigblinden
Des Lichtes Himmelsfackel leihn!
Sie strahlt ihm nicht, sie kann nur zünden
Und äschert Städt' und Menschen ein.

Freude hat mir Gott gegeben.
Sehet! wie ein goldner Stern,
Aus der Hülse, blank und eben,
Schält sich der metallne Kern.

Von dem Helm zum Kranz
Spielt's wie Sonnenglanz;
Auch des Wappens nette Schilder
Loben den erfahrnen Bilder.

Herein, herein,
Gesellen alle! schließt den Reihen,
Daß wir die Glocke taufend weihen,
*Concordia* soll ihr Name sein.
Zur Eintracht, zu herzinnigem Vereine
Versammle sich die liebende Gemeine.

Und dies sei fortan ihr Beruf,
Wozu der Meister sie erschuf:
Hoch überm niedern Erdenleben
Soll sie im blauen Himmelszelt,
Die Nachbarin des Donners, schweben
Und gränzen an die Sternenwelt,
Soll eine Stimme sein von oben,
Wie der Gestirne helle Schaar,
Die ihren Schöpfer wandelnd loben
Und führen das bekränzte Jahr.
Nur ewigen und ernsten Dingen
Sei ihr metallner Mund geweiht,
Und stündlich mit den schnellen Schwingen
Berühr' im Fluge sie die Zeit.
Dem Schicksal leihe sie die Zunge
Selbst herzlos, ohne Mitgefühl,
Begleite sie mit ihrem Schwunge

Des Lebens wechselvolles Spiel.
Und wie der Klang im Ohr vergehet,
Der mächtig tönend ihr entschallt,
So lehre sie, daß nichts bestehet,
Daß alles Irdische verhallt.

Jetzo mit der Kraft des Stranges
Wiegt die Glock' mir aus der Gruft,
Daß sie in das Reich des Klanges
Steige in die Himmelsluft.
Ziehet, ziehet, hebt.
Sie bewegt sich, schwebt.
Freude dieser Stadt bedeute,
Friede sei ihr erst Geläute.

Ende.

Paris. — Imprimerie A. Wittersheim, 8, rue Montmorency.

# GRAMMAIRE POLYGLOTTE

OU

## TABLEAUX SYNOPTIQUES COMPARÉS

DES

Langues française, allemande, anglaise, italienne,
espagnole et hébraïque

*Accompagnés de la prononciation figurée et d'annotations philologiques, exégétiques et archéologiques*

A LA PORTÉE DE LA JEUNESSE ET DES PERSONNES QUI VEULENT, SANS MAITRE, S'INITIER DANS CES LANGUES

**DEUXIÈME ÉDITION,**

Entièrement revue et considérablement augmentée

PAR

## Dr JOST

*Indocti discant,*
*Ament meminisse periti.*

**Prix 5 Francs**

---

## LA CLOCHE DE SCHILLER

TRADUITE EN ANGLAIS AVEC LE TEXTE ALLEMAND EN REGARD

***Prix : UN Franc***

---

768. — Paris. Imprimerie A. Wittersheim, rue Montmorency. 8

www.ingramcontent.com/pod-product-compliance
Ingram Content Group UK Ltd.
Pitfield, Milton Keynes, MK11 3LW, UK
UKHW032018260826
14628UKWH00006B/2560

9 782019 693268